KB214298

꽃물 드는 하루

고요아침 운문정신 070

꽃물 드는 하루

이형남 시조집

고요아침

볼웃음

발그레한

감 익혀낸 건들마 따라

산과 들

제 이름을

북돋우어 찬란한 시간

내 시도

더 붉어지라고

흔들고 깨워

가을볕 쬔다

2024년 9월

이형남

| 차례 |

제2부

제3부

제4부

제5부

제 **1** 부

꽃물 드는 하루

모란이 뚝뚝 떨어지는 삼백 예순 그 어느 하루

오월의 화폭 속을 날아가는 나비 한 마리 그늘 안쪽 사유의 아방궁 넘나들다 으밀아밀 언죽번죽 노닐다가 아득한 절벽 너머를 읽는 푸른 하늘, 은유인 듯 상징인 듯 못내 찬란하여 잊히지 않는 꽃잎 무게 다 받아냈을까 날 향한 한 사람이 너였으면 참 좋겠다 귀염바치 오직 한 사람…

오롯이 당신 탐하다가 눈 맞춰 웃는 둥근 저 바림질

우리는 서로에게 거울인 거야

갯버들 괭이밥풀 옹알이에 숨은 서사

아뿔싸! 하마터면 잘릴 뻔한 실바람이 형체 없는 꼬리를 이리저리 요리조리 살랑살랑 불어올 때 개울도 물비늘 반짝반짝 절로 맑히나, 여린 봄날 소소사사 구름 한 줌 또 한 줌 날마다 꽃그늘에 피워내는 꽃다지의 저 고요 우우우 조무래기 참새 떼 끼리끼리 뭉쳐난다 화르르 이운 꽃잎 사이로

다 품은 하늘에 눈 맞추다 풍덩 빠진 한나절

도시의 꽃
— 아우성 피어내다

올 연말도 도시 곳곳에 온도탑이 점등되었다

오픈AI 챗GPT 판독이 읽는 세상 그늘의 깊이 그래프 높이에 따라 더듬이 촉각 세워 움츠린 꽃봉오리들, 나눔의 날개를 달자 흔들리는 사랑의 뿌리를 다독이고 짓밟는 자존감에 어깨 활짝 펴도록 송신기 곧추세운 야성을 일깨우고 짙게 깔리는 외로움 걷어내 꽃의 체온 올리면 세상이 얼마나 따뜻해질까

가만히 잡아보는 손 사랑이 꽃으로 핀다

바람 난장

민들레 영토에도 들락날락 모사꾼 있나

뛰어봐야 벼룩이제 모래밭에 씨름꽃 은근슬쩍 오랑캐꽃
제비꽃도 가지가지 땅에 딱 붙어 피어나도 강남 제비 부럽
지 않은 복주머니 속 은돈을 절로 터트리는 재주 햇살바지
다소곳이 앉으면 다 내 것 아닌 곳 없단 말이여

왁자한 봄꽃들에게 봄바람이 들썩들썩

여름 들녘

별빛 박혀 더 선명한 푸른 이름의 행진이다

부드럽고 연한 것들은 결코 단단한 것보다 강하고 낮고
낮은 곳 찾아가는 물은 바위보다 강하고 사랑은 폭력보다
강하다는 그 말 씨앗으로 여기저기 엉키고 자라 서로를 감
싸는가

풀꽃들 고개 조아릴 때 곡식들도 함께 익는다

홀로서기

절애의 자존감이 지켜내고 버티었을 힘

월출산 구름다리 아찔한 절벽 아래 뾰쪽 솟은 바위틈에
거꾸로 자란 저 소나무 등 굽고 뒤틀려서 자리만 지키는 듯
휘어 부는 휘파람 가락, 산울을 넘고 언덕을 넘어 끝내 견
디는 진정한 저항자여

발아래 거느린 봄이 불꽃처럼 앞서간다

말이 꽃으로 피어날 때

때아닌 함박눈이 꽃에 내려 그녀를 맞네

쌓였다 녹아버린 건 꽃들의 눈물일까 눈雪물일까 붉어져
제 홀로 가야 할 길이라는 듯 동백의 담담하고 의연한 통꽃
지는 소리소리 저 먹먹함이여 의연함이여 그 누구보다 당
신을 사랑합니다 그 꽃말 하얗게 펄펄 남기고 다시 피는 꽃

바람은 또 그렇게 흔들어 메니페스토* 펼치네

* 구체적인 로드맵을 문서화하여 공포하는 정책서약서.

우주 아파트 불빛

제 속에 품은 풍경 소실점이 만 평쯤일까

꽃씨들 지평 넓히듯 아담의 후예들도 밤마다 빛으로 피
어나 찬란하게 별들이 숨 쉬는 곳이여 존재와 생성이 키워
낸 광채 거느리는 생명력이 이어온 호모사피엔스 희고도
하얀 유전자들

오늘도 지구는 더 반짝이고 하늘 계단 아스라하다

그 어느 하루

꽃대 하나 올리느라 한 생이 낭창거렸나

그대로 날이 선 채 바다를 밀고 당겨 늦봄 햇살을 이리저리 뒤척이며 되작이던 아버지 벗어 놓은 소금기 빳빳하게 배인 장화와 밀대에 소금이 순백 몸빛으로 쌓여 있는 바닷가 갯바람 꽃철 흥정하여 바람과 햇살과 땀방울이 저리 빛나나

이 모두 누군가에게는
한 끼 밥이고
삶 아닐까

물빛 서찰

물고기는 혹 물 떠나 살 수 없다 하지만 바람도 제 갈길
가 여울은 여울대로 남고, 선바람 차림에도 예사로운 율汨
이 있어

쉰둥이 막내 녀석 돌부리에 다칠세라 추월산 깊은 계곡
골바람 끌어안고 도란도란 소리 내며 흘러가는 개울물 따
라 서덜길 노동요로 발 받쳐 걸어온 길 무등산 어느 노송처
럼 등 굽은 노모에게 도랑물이 은근슬쩍 손 내밀어 손잡고
가는 소리, 그 소리 천川을 이루고 강江을 이뤄 흘러 흘러간
다 쉼표와 말줄임표 달고

어디쯤 가닿았을까 물비늘 닮은 저 안부

제 이름으로 흐르는 강

영산강 저 물마루 품은 만큼 깊고 푸르름이여!

무돌의 기슭 아래 터 파고 숨 쉬어 온 누정들이 낳고 기른 서사 속 빛나는 이름이여 울컥하며 흐르다 잔잔하게 넓혀간 영산의 탯줄이여, 송순이 '나 한 칸 달 한 칸에 청풍 한 칸 맡겨두고'* 정철이 '인생 세간의 됴흔 일 하건 마난 엇디한 강을 가다록 두고 나이 녀겨 적막 산듕*에 들던 날. 송순의 면앙정, 임억령의 식영정, 김성원의 서하당, 양산보의 소쇄원 제월당에 올라 비 개인 담양 하늘의 상쾌한 달을 볼까, 남평의 박순, 성산의 임억령, 장성의 김인후, 광산의 기대성, 나주의 임제 등이 제 이름으로 흘러가니, 한 강물이 흘러가고 그 흐름이 이어진다 풀빛이 짙어가는 대숲 길목에 앉아 땅바닥에 그 이름들 대나무로 써 내려가니 어느새 무등산 위를 넘는 저녁놀이 애양단에 이르러

그 놀빛 시냇물 위에 새 이름을 새긴다

* 송순의 「십년을 경영하여」 중에서.
* 정철의 「성산별곡」 중에서.

난 지금 열애 중
— 담양 합죽선

그대가 인편으로 보내준 쥘부채 펼쳐 들고 천지간의 바
람 소리 불러 모으는데

그대 사랑 접었다 폈다 하는 사이 품격 높은 사랑 하나
부레풀로 붙여 놓고 돋을볕 햇살 바람 부챗살에 묻어날 때
운학雲鶴이 날고 매화가 피어난다 한지에 푸른 바람 물비늘
도 화사한 날 죽책에 사군자를 묵향으로 심어 놓고 시 문장
한 구절을 예서체로 한 획 하면 호박벌 어리연꽃에 얇고 빨
고 내 마음속 뜰에 기세 좋고 촉 좋은 그 한 사람 이리 번뜩
저리 번뜩 상하좌우 눈알 굴러 이리 오너라 내 사랑을 분주
히 탐색하는데

한 사랑 주렴으로 마음 모아 꽃봉오리로 피어난다

가사문학관에서

닿소리 홀소리의 훈민정음 스물네 자 어진 님 마음으로
가사 꽃이 피어난다

애민의 거룩하고 갸륵한 사상들이 자존감 기루면서 꼿꼿
하게 세운 한글 쉼 없이 뿌리 뻗고 부지런히 길러내어 한
어절 한 음절의 문장 문맥을 두루 살펴 대숲만의 푸른 감흥
독자적 가동 중인지… 어린 죽순 나볏하게 밀어 올리는 듯
정극인의 상춘곡 송순의 면앙정가 송강의 사미인곡 자미천
에 피어나서 시대의 아픔으로 노래했던 고귀한 마음들이
일가를 이룬

올곧은 선비정신의 결 곱고 맵찬 어록 읜다

꽃요일의 청포도
― 우리는 행복항으로 간다

꽃 진 자리 어르는 엄마 그 고운 눈매에는

새록새록 커가는 젖동생들 거느린 어린 누이가 몸 부비
며 비켜주는 뭉근 자리 햇살바지 불땀머리 하늘하늘 언니
동생 누나 오빠 싱글벙글 알뜰살뜰 배 통통이며 노래 부르
는 아이들 저 눈빛 좀 봐 총총하고 총총한

다 품은 엄마의 하루 물마루가 짙푸르다

이상한 나라의 엘리스

토끼가 귀 세운 자리 두더지가 굴 파고 든다

그 집 앞 지날 때면 괜스레 발걸음이 무거워져, 운동화
끈을 당겼다 풀었다 다시 매는 길섶 해바라기 둥근 얼굴 피
보나치수열처럼 꽉 찬 돌담이 아니어서 더 좋은 울타리, 바
람 숭숭 드나들어 곁눈으로도 보이는 그 애의 모습

한눈에 다 보이는 곳 오늘도 나는 구멍을 판다

흐르는 모든 것

창계천 배롱나무 별서 더욱 수려하여

장관壯觀이 된 처처의 물기둥 품은 푸르름이 고리 이룬 환벽당, 넓고도 평평한 바위 그 위에 홀로 앉아 새소리 바람 소리 민중의 힘 취가정의 가을이 깊어 가고 식영정 그림자 쉬는 곳 바람이 키운 시서화詩書畵를 갈고 닦고 긋고 그려 담아낸 필력의 터, 풍류 과객 세류 가락 읊고 풀어낸 민초의 뜰 어린 꽃들 다잡이하여 세우는가

흐르는 모든 것들이 벽을 치고 별을 본다, 별을 본다

꽃 너울의 나침반

늦가을 기암절벽 보름달이 닿을락 말락

사방이 노래 되어 당신에게 꽂히던 날 추월산秋月山 달빛
안고 그대에게 빠져들 때 늦도록 새가 나는 그 방향을 따라
가면 한밤에 하르르 진 낙화도 춤이 되어 와불산 침묵마저
들었다 놨다 하는 그 사랑 시방時方 어디쯤 서 있나 몰라 패
랭이 꽃마을 화살표 따라 걷는 중에 문득 만난 너의 푸르고
의연한 모습 끝끝내 둘이 하나 되었나

영원한 사랑나무의 연리지
한 몸 되어 서 있다

봄봄봄

아무도 모르라고 어둠 밝힌 눈瀅이 된 쉼표

한 날의 트랙에 하얗게 펼친 백지 위로 음표 같은 참새
떼가 포르르 날아가고 언 발 녹이는 봄소식 아름 안은 스노
우 드롭, 뽀드득 걸음걸음 흔적이 사라질 때 봄볕의 긴 그
림자 산자락에 너울거릴 때 바람은 지금쯤 어느 길을 넘고
또 넘을까 나도 바람꽃 누이 행여 길 잃어 울고 있을 어느
길목에

밤사이 나볏한 온음표 눈
얼음새꽃 다독이네

제2부

초식성 어휘

귀 익은 한마디에 더 푸르른 이끼꽃 밀어

크고도 무거운 성벽 돌 틈에 숨죽어 웅크려 끼여 살던 그
녀가 내 기울기 받쳐주며 가만 웃던 조요한 눈빛 오늘도 의
연하게 토끼풀 괭이밥풀 아자! 아자! 응원하는 저 소리 안
개비 보드랍고 촘촘한 말들이 모이고 쌓여

비로소 아기 코끼리 걸음 맞춰 풀꽃 핀다

꽃무릇 별서別敍

당신의 손끝에서 피어나는 말의 꽃들

무리 진 붉은 이름 생사의 경계에서 네가 죽고 내가 살아
한 세상 이룬다 한들 사는 게 사는 게 아닌 홀로 외로운 세
상… 겹겹이 쌓인 꽃잎 문장이 이어지고 말 못한 속울음 바
람결에 업혀 간들 애달픈 밀서인 것을 어쩌란 말이냐 못다
한 사랑인 것을 내 어쩌란 말이냐

적벽을 휘어 돈 바람 꽃 더욱 붉어지고

자소서 쓰는 AI

나는 나야 외쳐도 더 이상 나일 수 없는 나

달 속의 토끼이거나 별에서 온 어린왕자이거나 누구의
조정으로 불리고 호명되어 추리하나… 속임수나 핑계가 있
을 수 없어 계보 또한 역사도 없어 독보적인 정체를 위하여
토끼는 쉬지 않고 방아를 찧듯 한 송이 장미를 피어 의무감
을 다 하려나

지구별 떠나는 연습으로 사막을 채록하네

별빛 잇는 날

한 줌 흙 오롯하게 토기장이 손에 쥘 때

우리는 비로소 보란 듯이 옹기가 되고 잘 빚어진 자기가
되어 한 생애를 살아간다 빗살무늬 격자무늬 상형문자 그
속에 새 울음과 꽃잎으로 입사入絲 되어 둥그런 지구본 날
줄 씨줄을 잇는 게야

모두가 퍼실리테이션* 시너지가 되도록

* 상호작용을 촉진하여 목적을 돕는 활동.

끝내 무너지다
— 엑스칼리버

너에게 가는 길이 별빛 스민 물마루였나

돌에 박힌 칼을 뽑아 희대의 왕으로 바람 앞에 서있어도 모두들 들풀처럼 너부죽 무릎 꿇어 위세 좋은 아서왕의 당당함이 유라굴로 광풍인 듯 마와르 태풍인 듯 죽인 적수 모드레드가 아들이라니 너무 부끄러워서

아비는 호수에 검 던져 세검의 길 떠난다

꿩 울음이 피어낸 오름

그 사람 가슴에 셀 수 없이 많은 오름들

바람 부는 언덕에도 억새잎의 노래에도 해녀의 태왁 망
사리에도 봄 꿩 울음이 햇살 부채 어릿대며 넘는 길목 저만
치 멀어졌다 이만치 가까워지도록 넘쳐나서 오르고 또 오
를 때마다 아픔이고 눈물이고 안타까워 눈 못 뜨던 저 붉은
놀빛

지워도 더 도드라진 4.3의 하늘가 꿩 울음 짙다

젖어들다

"이것 봐, 고쳤잖아, 멀쩡하지, 걱정하지 마."

한 그루 나무가 될 여리고도 순박해 흔들리는 틱 장애 앓은 어린 싹에게 깨진 작품 조각 맞추고 붙여 얼레고 달래며 작품을 수리한 정 많고 올곧아 쌓인 눈 속의 봄꽃 같은 작가*, 치유와 나눔 위해 만들고 기부해 거리감 0이 될 때까지…

촉촉이 어루만지는 봄빛 진달래 숨결이다

* 김운성 화가, '사람 사는 세상전'에서의 挿話.

살아있는 화석

마지막 결투였다 죽음마저 허락지 않는

껍데기도 한몫하는 패총의 하얀 슬픔 감추고 숨죽여만
하는 시간 아스라이 긴 여행 이어 달려 알맹이 다 두고 온
뿔소라의 변주를 듣는 하루하루 전설과 신화가 해안을 흔
들고 땅 끝을 흔들고 깨워 오늘도 바다는 하얗게 파도를 만
드나

외연도 해무 자락에 아른대는 화석을 본다

으밀아밀

유산리의 죽화경, 그 넝쿨장미 귀엣말

    오월의 방글거린 햇볕들이 쏟아놓은 말 사랑해요 축복해요 꽃말들이 서로서로 안고 업고 촌철활인寸鐵活人하는 사이 알알이 또록또록 여물어가는 사랑의 밀어 저마다 가슴열어 두드리는 저 소리 파고들어 울컥거리는 언어가 사는 곳

    저 무돌* 휘어 도는 물소리 꽃말 싣고 흐른다

* 무등산의 옛말.

오르락내리락

방패연 긴 꼬리에 저문 해가 걸려 있다

숨 가쁜 언덕길을 너울대는 손수레가 솟대처럼 까닥이다
가물가물 넘어간다 태산을 향한 막내아들 꿈이 커질수록
재활용 폐지 더미도 높아가고 속마음 부글대고 들끓어도
무거운 걸음 재촉하는가 어기찬 삶의 구비에 모래시계 돌
리고 또 돌린 그 사이 날아 든 온장연이 된 막내

돋을볕 놀빛에 낚인 하루
높이 뜬 연 해맑다

그를 환호하다
— 충만한 힘

고갯마루 발자국이 선연한 충만한 힘*

세대 넘어 시대로 이어지고 바다와 대륙의 아득한 이정
표가 한대寒帶와 온대로 경계를 뛰어넘었나 꽃이 되는 시詩
가 향방을 가르지 않고 묵묵히 걷고 또 걸어 배경이고 풍경
이듯 산이 된 이름 하나 남기어 우리 앞에 펼친 절경이 아
우러져 뭉클하다

가는 곳 어디라도 꽃씨 날려 안착하여 만개하려는 듯

* 파블로 네루다의 시집.

NK세포에게

낮달 맞이 시간에는 어둠 없어 쉬지도 않나

밤낮없이 수비하는 최고의 수문장 너야말로 누가 뭐래도
네가 최고야 수상하고 정체 불명한 불청객 만나면 정밀한
단백질 구조를 통해서 정상 체크하는 빈틈 없는 철통 수비
에 그 누구라도 꼼짝 못 하지

장하다 비공식 허용치 않는 파수꾼 건강 지킴이

참

오늘 나는 귀 세우고 언어의 파도를 탄다

녹음이 건네는 푸르고도 싱그러운 한 잎의 살아 있는 생
생한 노랫가락, 내가 사랑하는 그 사람의 안부이기를 프란
츠 카프카의 변신 속 벌레가 된 그레고리 잠자가 다시 거듭
나기를 인간의 불안과 소외 밖을 두드리고 점검한다

말과 말 숨 고르는 듯 생의 바다 건너간다

빵이 부풀어지는 시간

호밀밭 지날 때면 왜 저절로 벙글거리나

모나고 까칠한 그 사람 언제쯤이면 말랑말랑 부드러워질
까 뭉개고 짓이겨 바람 빠진 공처럼 유연하게 이리저리 만
지고 매만져 둥글납작하게 빚어내 볼까 빵이 부풀어지는
시간만큼 포근하고 감미로운 너를 기다림이 화르르하다

정든 임 누구는 없나
누구는 없나 정든 임 하나*

* 영국 시인 번즈의 〈밀밭에서〉 차용.

꽃처럼 섬처럼

꺾이어 시든 꽃 그 사랑이 피기까지

파도가 껴안을 때 그들은 더 뜨거워지고 저마다 차오르
는 아픔을 달래가며 참아 천형天刑의 낙인으로 찍힌 삶을
받아들이지 세상에서 격리되고 때로는 외면당한 슬픔 꾹꾹
삭히고 눈물을 눌러 담아 몸뚱이 일부분을 하나씩 잃어가
는 한센병… 필생 그들을 섬기고 사랑의 꽃 피어낸 사람 다
미아노 신부*

하와이 몰로카이 섬에 붉은 꽃으로 피어난다

*성 다미아노 신부는 1881년 하와이 정부의 카라카우아 훈장을 받았다.

꽃그늘도 한창인 날

코끼리 발자국에 하늘 우물 고여 있어요

건기 탈출 행진에 휘날리는 뿌연 흙먼지 예측이 불분명
해도 가야만 한다 찾아내야만 한다 생수 근원의 길라잡이
촉이 곧 힘이고 우두머리 전략과 과묵한 예지

발자국 그 웅덩이에 새 떼와 초식성 고르는 곳

절정의 시간

민들레와 질경이 꽃다지 냉이가 한통속이야

봄날의 갓밝이들 변신 이야기* 온몸으로 손짓하며 떼 지어 낮게 앉아 실낱같은 여린 볕에 꽃대 올려 너나들이하는 사이 끼리끼리 정 나누고 키워낸 봄날의 평화 그윽함이여 고혹이여

우우우 일어서는 풀 밟혀도 다시 방긋거린다

* 고대 로마시인 오비디우스 작품 차용.

연잎

바람이 몰래 다녀간 그 몸빛 화양연화다

 널 향한 일편단심 그 고백 앞에 어느 곳에 있어도 푸르고
도 윤이나 꽃 더욱 그윽하여 흠흠한 초록 바람 너나들이에
그늘도 산을 넘어 연못에 풍덩! 향에 취해 품 넓혀 맞아주
는 그날 그때 백련지의 향피리 가락 말 잇고 늘려 피어난다

 너른 잎 겨운 사랑의 춤사위 하늘하늘

제**3**부

사이플러스

그리움도 쌓이면 별로 뜨는 당신의 하늘

꼭 품어 아늑하여 그 날개 아래 찬란한 꿈 새록새록 차오르고 하루하루 더 푸르른 너의 반짝이는 눈 5월의 햇살이 날아간 자리마다 피어나는 아이들 웃음소리 엄마의 가슴이 넓어져 새근거림이 녹록한 오후

뺨 위에 하늘이 가득 고흐의 시간이다

함께여서 더 좋은
— 사랑의 무게

옹기종기 모판 속 발돋움에 쌓인 날갯짓

참새 떼 우르르 뭉쳐나는 푸른 하늘 품고 살아온 열매들의 옹알이를 세워보고 어깨동무하는 시곗바늘 늘품 하는 사이 지그시 발붙이고 쉼 없이 뿌리 내리고 또 내려야만 하리 비바람이 불어도 천둥소리 요란해도

사과 씨
천 개의 하늘
새콤달콤 익어간다

그림자와 앵무새

거울의 법칙에도 조건이 따르는 날에

별처럼 높이 떠 반짝반짝 빛나려고 말의 키 높여 두 팔을
뻗어 보고 까치발 곧추세워 팽그르르 돌아보고 하얀 시간
똑 똑 똑 노크하여 두드려본다 스스로 솔선하기보다 따라
서만 하는 아이 오늘도 친구에게 통화하는 달콤한 시간 갸
웃갸웃 그림자 되어

한 사람 별로 뜨는 시간 깃 세우는 앵무새 본다

팜므파탈

저녁 강 물결 위에 붉게 펼친 유혹과 정복

굽잇길 돌고 돌아 아우르다 뒤틀린 두물머리 어디쯤일까
파랑에서 함께 나와 혼미한 그때 비단잉어 몸빛으로 사랑
을 고백하고 하나로 휩쓸어 흐르는 곳 마성의 세이렌 노래
가 들리는지 와락 솟구치듯 흰 물살 속 거들먹거리다

절벽도 파도 타는 듯 하얀 거품 너울너울

갈등葛藤

신새벽 어린 새순 사서삼경 외고 익혔나

홀로서기 탐독하여 높고 낮음 분별하고 좌로 살펴 돌고
돌아 와 닿은 오늘 얽히고설키다가 각자도생 제 길 찾아 한
세상 어우렁더우렁 겨루고 꼬인 관계 푸른 꽃등 서로 밝혀
비춰주고 껴안고 업혀 가니

칡과 등 하늘 오르는지 꽃그늘도 청청하다

무풍지대 흰 날개

무중력 지팡이에 소리가 살아 토닥이는 집

환한 유리문에 쉬폰 커튼 나비 주름 바람을 당겼다 놨다
닫히나 열리나 귀엣 소리 볼 붉어진 하루 마리오네트 춤사
위에 피노키오 발장단 때맞춰 울려주는 매미 변주에 할머
니 흔들의자 하늘을 훨훨

날갯짓 전혀 없어도 훨훨 나는 달콤한 꿈속

편서풍

모든 바람은 들풀 위에 길 내력 필사해 놓고

비무장 깨우는 바람 초원에 펼친 저 숨결 초록의 물빛 배경 나비효과 기록으로 녹슨 철조망 지나 터널 지날 때마다 확장하고 부풀리고 풍향계 판독하여 꽃바람 달리고 달려 너도바람꽃 나도바람꽃 모두가 꽃이 되려 흔들리며 피어나는데 꽃가루 미세먼지 날고뛰는 대한의 봄

띠 모양 서에서 동으로 부는 편서풍의 계절이다

토끼 인형 AI

이름을 노크해도 대답 없는 달나라 토끼

전설 속 계수나무와 떡방아 찧는 토실한 토끼의 야화夜話 알밤처럼 한번 구워볼까 뛰는 토끼 위에 나는 토끼 나는 토끼 위에 운 좋은 토끼 위성 시대 휘영청 달 밝은 밤, 꿈 아직 남아있어 먼 듯 가까운 그곳의 달달한 웃음 ChatGPT로 각색한 글 한마당 꾸며나 볼까

두 귀를 쫑긋거리는 해학
쿵더쿵 누만 년 찧는 떡방아 소리

이카리아 섬에 가다

침묵을 도모한 곳 바위들도 말 꿀꺽 삼키고

이카로스 하늘길에는 자만과 소심의 경계 안에 있네 그 평정만이 미항 탈출이 되네 자유가 되네 우쭐해도 과신해도 고도 이탈 추락의 경계인 것을 절벽인 것을 누구나 호기심의 무게에 날개가 녹아 낙하하네 멈춰야만 하네

밀랍 속 녹아드는 말의 꽃들 우우 일어나 참수하듯

나도 한번 배나무 흔들어 볼까

배꽃이 속살까지 하얀 이유 아시는가

착한 일 무시하고 죄를 짓고 자 배나무를 흔든 성 어거스틴 고백록이 부글대고 차오르는 부끄러움 걷어낸 하얀 뱃속 그 오롯한 진리가 눈 틔우고 밝혀내 삶의 단 한 가지도 버릴 것이 없다는 말 우매함을 쓸고 닦고 씻어내어 하늘 뜻 헤아렸나

흐르는 물소리 경전
모든 것이 무채색이다

모두 까봐야 속을 안다

어디까지 가야 알까
흑백 논쟁 하얀 그 끝

땀 흘려 농사짓는 농부가 아는 것들 탁상행정 위정자들
그들은 왜들 모르는가, 오곡백과 속살을 보소 희고도 뽀얀
속살, 고이 품은 알곡들의 거룩한 생존 법칙 희고 맑게 키
위내야 한다는 묵언의 행적 씨눈을 감싸안은 순백의 저 호
위護衛

누구나 다 내려놓아야
환히 뵈는 흰 보류

자화상으로 말하다
― 인공지능 기수

하루의 붓끝에는 선과 점으로 잇고 찍고

화룡점정 그 한 수에 달라지는 바둑의 승패 웃고 우는 판정을 보라 와 닿아 겨누어도 제 얼굴 감추지 못해 프로 커제에게 이기고 케린 펠린 아마추어에게 지는 현실과 이론 사이에 AI, 회전 능력 섣불렀을 민낯이 보이는가?

턱 하니 자리 잡고서 햇살 부채 펴고 있다

해를 품은 사절단

꽃에서 길을 찾고 사랑을 노래하는 새

나미비아 붉은 사막의 꽃 죽지 않는 식물 웰위치아 미라
빌리스* 낮에는 죽은 듯이 축 처져 있다 아침이면 팔팔하게
살아나는 저 생생함 노숙이 몸에 밴 아픈 삶의 사생화같이
적나라하게 표현된 지하도에 웅크린 박 씨에게 스민 햇살

초상권 주장하는지 몸빛 뜨겁게 안았다

* 수령 1,500년의 키 1m 넘게 자라는 식물.

너는 망보고 나는 수박 먹고

― 겸재 정선 〈서과투서〉

어절씨구 지화자 너는 망보고 나는 수박 먹고

들쥐 한 쌍 호사로다 정 나눔 사랑 나눔 청수박을 훔쳐
먹는 동안 수박 속은 달빛 스며 달달하게 익어가고 살금살
금 두리번두리번 이리 보고 저리 보고 튕겨 보고 번갈아 망
을 보며 먹는 맛이 일품이다 여봐요 서생원 부부

바로 옆 붉은 바랭이풀 달개비꽃 엿보고 있다

다시 피는 꽃

목련은 그렇게 지고 또 회자되어 피어나는가

   길 떠나며 남기고 간 꽃잎 같은 고백의 말 압화押花 되어 맴도는데 잎 더욱 푸르러 바람만 출렁이고 널 향한 발돋움에 절벽을 뛰고 넘고 흘러 흘러서 가는 구름의 시간 나풀나풀 나비 되어 꽃그늘 찾아 날아날아 가리 날아서 가리라

   빨갛게 피어난 그대
   내 아름이 뜨겁다

풍년초의 고백

풍년초 그 이름을 함부로 호명하지 마라

천성이 부지런하고 붙임성 좋아 물 설고 산 설은 멀고 먼 낯선 나라 뿌리 깊게 내려 알뜰살뜰 살림 사는 초록이 엄마, 행복한 방실거림 망초꽃으로 피어나 저문 들녘 하얀 물결 넘실거리는데 아 글쎄 아무 데나 무성하다 망초대라니?

지구촌 하나가 되는 꽃길 하얗게 여는 중이다

빅토리아 수련睡蓮

한 생이 잠으로도 제 몸빛 채록하였을까

　너른 잎 쉬어가라 초본난실 둥둥 띄어 부력을 더하여 잎
과 잎 밀고 당기고 넘실대는 물결 위에 한여름 저물녘에 여
왕마마 흰옷을 입으셨다 붉은 옷 갈아 입고 물빛 고요 평정
속에 한세상을 평정하고 세미世昧의 3일 만에 주무시나 의
연한 그 자태 수면 위가 온쉼표 정적이다

　추앙을 받으신 만큼 우아한 꽃잠의 위용

모비딕을 읽다

그는 과연 파도가 쓴 바다의 시 아닐까

때로는 덫이 되어 부표가 흔들리고 겁박하는 외다리 선
장에게 표정이 되어 주는 바람과 서사 사이에서 고래는 자
연이고 질서이고 생사가 출렁이는 노래였다 거슬러 가지마
란 말 작살에 꽂혀 부유물이 된 그

그 끝이 하얗게 출렁이는 은유 푸르도록 뒤척인다

노래가 춤이 될 때까지

당신의 노래가 춤이 될 때까지 가 닿았을 향기

절벽이고 망루였을 그 꽃가지 절대음 휩쓸어가야만 더
가까워지는 독한 만남 천남성 유도화 아이비 디펜바키아
사랑, 음절마다 마디마다 짙어지고 깊이 박힌 마성의 독야
청청 무늬들이 독을 품어 붉어진 논개와 양귀비 클레오파
트라

춤사위 너울거림이 푸르러 시들지 않는

쇠뿔에 받힌 봄

누런 황소 쇠뿔들이 힘 겨루는 난전의 뜰

검붉은 왕대추가 탱탱한 왕대추가 풍성한 그 사연은 황
소 덕분이라는데 쇠뿔을 단단하게 달궈내기 위해 들이박고
어르고 애무해 준 황소 덕 아니 간다… 둘은 누가 뭐래도
둘도 없는 단짝이제 대추나무도 비비고 부대껴야 넘어지지
않으려고 뿌리를 더 내리고 버텨냈다는 게야 사랑의 기울
기 쪽으로 더 환해지는 봄

황 영감 그 사랑 타령에 올해도 대추꽃 총총하다

제4부

관방제림

몇백 년 노거수가 지켜내는 관방제림

담양읍 감돌아 흐르는 담양천 북쪽 언덕, 제방 따라 각종 노건목이 줄지어 서 있다 팽나무 곰병나무 벚나무 음나무에 은단풍 갈참나무 개어서나무 곰의 말채가 제방에 숲을 이뤄 한 가족 이루기까지 한 강물로 흘렀구나, 임수로 뿌리 내린 이웃사촌이 가족이고 식구 되어 사는 곳이 뼈대를 이어온 풍치림이라

철 따라 키워내는 숲 그린피스 물길이다

하늘에 붓을 세우다
— 메타세쿼이아

서시를 시화하려는 우련한 몸빛 선연함이여

'이 몸이 이런 굼도 역군은이샷다'고 맺는 송순의 '면앙정
가' 갈채가 된 선율이어라 정철의 '관동별곡', '속미인곡',
'사미인곡' 임금 향한 충성된 마음처럼 하늘로 쭉쭉 뻗은 메
타길 지평에 해가 솟는 잔잔한 외침이어라, 금잔디 광장의
오월 햇살이 아름답다고 연둣빛이 깊어짐을 느낄 틈도 없
이 학생이 노동자가 시민이 쓰러져 갔을 때도 아름드리 메
타가 뻗은 길이 오롯이 호수에 투영되어 말갛게 하늘 향해
노래가 되는 물가, 그곳에 깃 치는 새가 되리 한 마리 새 되
리라 흰 구름 가르며 솟구치는 날갯짓으로 담묵淡墨에 스며
들어 선학을 부르리라

그 노래 하늘에 붓끝 세워 담양 들녘마냥 푸르리라

날갯짓 접는 듯 나는 하루
— 명옥헌의 원림에 들다

옛 주인 어디 가고 객들만 명옥헌에 들었는가

　그래 석 달하고도 열흘이 되는 동안 당신 향해 송이송이 붉은 송이로 피어나는 목백일홍 그 속내 풀어보세 풀어나 보세, 여름 소나기 끝에 더운 바람 혹 불어와 매끄러운 고운 피부 살살살 간질이면 순간 전류가 통해 온몸 바르르 떨며 웃음이 까르르 피어난다 그 광경 물끄러미 툇마루에 걸터앉아 은근슬쩍 즐기는 사이 무등의 녹음들이 무등산의 산그늘이 어느새 이곳까지 내려와 연못 속에 깃들고 객은 졸음에 겨워 잠시 잠깐 조는 동안 백일홍 꽃잎 하나 가방 속에 스며든다 저 원림 백일홍 꽃잎이 붉어지는 날

　연못 속 붉은 비단 이불 여름 더위를 다 덮는다

죽녹원, 소리가 사는 집

천성이 올곧아서일까
직립만이 가닿은 소리

　산조 가락에 앉은 진양조 바람들이 숭숭숭 너나들이 산
조를 타는 사이 까마귀 떼 대가지에 중중모리로 모여들어
까악까악 휘몰이로 한 대목을 뽑아내면 대숲의 초록빛 자
진모리 단소에 까치 떼 어치 떼 목청이 더 단단해지는 대통
속 공명의 시간

　죽녹원 가득한 노래 천의 바람, 만의 소리 산다

제 이름으로 흐르는 강

품은 만큼 깊고 넓어 푸르른 저 강 물마루

무돌에 업힌 정자들이 낳고 기른 서사 속 빛나는 이름들
이 울컥울컥 흐르다 돌연 잔잔하게 넓혀간 영산의 탯줄이
여 송순, 정철, 양산보, 송시열 처처마다 혁혁한 몸빛 짙은
가사가 어르고 달래고 폭포 되어 펼친 시어

회자 된 저 물결의 담시 유장하다

꼭두서니

백야가 펼친 운문 당신에게 사위었나요?

겉과 속이 붉게 물든 말 그 깃에 달고 소리 죽여 날아간 저 새 떼가 긋는 말의 무늬 혹 귀엣말로 스며들지 않던가요? 아무리 되뇌어도 닳지 않아 몽구리고 몽구리여 달달하게 귀 세우는 불그레한 속내 차마 다 듣지 않아도 환히 읽히는

타오른 그녀의 사랑 해가 지지 않는다지요

숲의 모국어

실바람 사는 곳 풀잎 책장 사르르 길 연다

아기별 노랫소리 너울대는 여름 숲에 맴맴맴 찌르찌찌
초록의 아리아다 닿소리 홀소리 아우르는 무반주 떼창의
사랑 고백. 눈부신 클리프 행어 몸빛으로 전율하는 이 계절
더 푸르른 언어의 집

저 진토塵土 어둠 맑히는 말의 절정 뽑는다

초원의 무늬

피고 진 모든 들꽃이 바람의 길 서설棲屑이었나

유목의 발끝에서 웃음꽃을 피워 올린 저 작고도 여린 들
꽃의 허허실실 계략 보소, 소 말 양 낙타 먹이고 키우는 젖
줄, 마두금 한 자락에 서글픔 날리고 와 닿아 맑힌 하늘 끝
평화가 구름으로 흐르다 멈춘 형형한 빛 다소곳이 앉은자
리 울이 되고 게르 되어 뛰고 달리는 목축의 숨결들 품에
안은 어미 모습

별 아래 유영儒嬰하는 바람에게
손짓하는 평안이다

그리움의 무늬를 더하다

귀 세운 붓끝에서 시詩가되고 춤이 되는 날

다장조 바람으로 다가오는 가을의 꽃씨 그 음률 너무 가
까워 들리지 않는 당신, 3도 화음 아쉬워 못내 아쉬워서 이
음줄 잇는 깃털 유홍 꽃으로 피어 어둠을 씻는 결 고운 비
단길에 하프를 키나

사냥꾼 오르페우스 연주
맹수 초목 귀 맑힌다

숲속 소리꾼

쥘부채 폈다 접었다 절창 중인 저 사랑가

7년을 하루 같이 밤낮없이 사모하여 갑옷 정장 차려입고
비상을 갖춘 날개 펄럭이며 떴다 앉아 날 보소 날 좀 보소
여름 숲 떠 갈 듯이 쇠북이라도 찢어낸 듯

그 누가 뭐라 하여도 내 사랑 내 사랑인 것을

적벽에 서서

꽃인 듯 붉은 바위 선연한 꽃잎 자태

둥 둥 둥 한 점의 구름 속에 깎아지른 붉은 바위 천하제
일 화순적벽 제 이름을 걸어 두고 오래전 시인 묵객 앞다투
어 찾아왔던 커켜이 시루떡을 쌓아 놓은 듯한 바위 노루목
적벽 보산적벽 창랑적벽 물염적벽 동복호 물빛들이 훨훨
날개를 치는 갈지자 가파른 길에 망향정 하 수려하여

흰 적벽 휘돌아 얽히듯 넘는 다래넝쿨 꽃 시절

변곡점

저 남극 풀씨 창고 씨앗들의 움츠림 보라

얼어봐야 식물성 피의 청청함이 무엇인지 알아가는 천금의 묵언 같은 시간 요철凹凸의 에움길이 더 깊고도 깊어지려나, 하늘거린 나비 떼의 춤사위와 새의 노래* 바람결 되어 다음 세대 아우르는 그날, 쌍떡잎 마주 보며 오순도순 꽃피우려는가

먼 훗날 개척자들이 벽 속의 길 열어간다

* 카탈루냐 민요. 첼리스트 파블로 카잘스는 우리 고향의 새들은 "peace, peace"하고 울어댄다고 하며 평화를 강조했다.

K, 프리미엄 라벨

.

바람이 일궈 놓은 태극무늬 걸작 이름표

 아름다운 것들의 이름으로 시가 되고 노래 되어 꽃으로 피어나도록 시詩 나무에 시마詩魔의 무지개를 걸어 두고 가지마다 움 돋는 소리 너울대며 푸르고 더 짙푸르라고 시에 그린 한국시화박물관 모든 작품들이 서로의 어깨를 아우르며 한국 예술의 세계화를 저마다 보란 듯이 빛을 품고 반짝이고

 그 누가 뭐라고 해도 엄지척 올린 배달의 얼

눈부신 창을 두드리다

가을걷이 타작마당 찬란한 그대에게

바람과 함께 자라 소원 담은 떡잎 기도 푸른 하늘을 품어 의연하게 자랐을까 세상 향해 울부짖는 그 소리 사자후獅子吼였나 아우니 엘도스*의 달이 되고 별이 되어 채널 속 100만을 출렁이는 당찬 꿈이 마침내 깍지 속 콩알들이 햇살을 그러모아 넘실거리고

한 소년 평화 시그널 지구촌을 물들인다

* 가자지구에서 12세 소년 유튜버와 15명 온 가족이 폭격당함.

플라세보placebo 효과

널 맞는 그 길이 새하얀 숫눈길이기를

  칠순 노모 꿈 타령에 얹은 기도 잘될 거야 꼭 될 거야 아무렴 호언장담에 장한 아들 지천명知天命에 하늘 뜻 더듬어 점자로 낳은 며느리 판도라 속 별빛을 쏟듯 떡두꺼비 옥동자를 안겨주네 어화둥둥 경사로다

  말의 씨 판 바꾼 사랑 위약 처방 대박이야

귀의歸意

한 줌 바람에 선을 긋는 선연한 삶의 궤적

한때의 꽃 숨결이던 단풍이 떨어진다 한 생을 일필휘지
그어대고 떠나는가 아득한 촌음이고 시詩였을 때 그 사람
제 안에 간직한 그리움을 울컥울컥 쏟아내며 붉은 속 다시
보이는가, 마냥 부끄러워 아늑한 날개 밑에 숨는가

기꺼이 별빛 내역으로 흙이 되어 눕고 있네

드디어 다시 날다
— 욥의 기도

당신에게 가는 길이 커트라인 금빛이기를

비바람 익혀내는 도꼬마리 필생으로 촉수따라 가는 곳이 내 자리다 걷고 달리고 뛰고 오르는 하늘 끝이 그분의 손길이듯 모든 길이 통하였다 말씀의 손바닥을 쥐었다 펴는 사이, 그 사이 산토끼 날다람쥐 솜털인 양 슬몃슬몃 무장무장 차오르고

옥죄인 언 땅 녹을 때 파릇하게 웃는 그대

타임캡슐
— 길가매시 서사시

빙하 속 숨결들이 눈꽃으로 피어난다

　옹이 지고 단단한 희디흰 눈물 감추고 허허 웃던 어머니
우리 어머니, 바람막이 지아비와 온실의 꽃이었던 난초꽃
딸을 찾아 별빛 그늘 헤매어도 끝끝내 보이지 않아 묻어둔
슬픔

　다시 필 얼음새꽃이 신화神話의 꽃눈 틔운다

볕뉘*

 못다 한 사랑일까 눈부신 꽃으로 핀 그대

 나에게 별이 된 너 한 소절 시가 되어 아몬드 꽃그늘로
하늘거리고 귀 세운 토끼의 갸륵한 선망羨望의 눈망울처럼
바라보는 곳곳마다 사르르 젖어 드는 봄볕, 그 입맞춤 너울
너울 이음표 달고 눈 틔워 웃는가

 춤이 된 봄의 노래가 백조 호수 윤슬이다

* 다른 사람으로부터 받는 보살핌이나 보호.

그 겨울의 은유

겨누기 한창이다 키 재기 하는 눈꽃 별꽃들

사위어도 되살아난 그 한 사람 이름 위에 비단 보자기에
펼쳐 놓은 북풍의 저 눈발들 정중하고 느린 나수 광시곡 저
미어도 차오르는 계백의 서사였으리 갈대숲 일어서는 수천
의 바람으로 무수히 날려 보낸 알알이 익힌 씨앗 조용히 숨
죽이며 기다린 동면이여 의연한 외침이여

황산벌 넘쳐난 사랑 눈 밝혀 헤아리는가

제5부

다 함께 날아 봐요
— 남계우 군접도 앞에서

나비 떼 춤사위가 시대의 간극 벽을 뚫고 날아가는데

데네브 별빛으로 끌고 당겨 펼쳐 놓은 한 시대의 발걸음
들 채색된 발자국 소리 푸르고도 깊은 설움 어우러져 차올
라도 목울음 저음으로 무게를 내려놓은 난민들 모양 보소
나비 날갯짓 보소 제주왕나비 제왕나비, 바다 위를 훨훨 날
고 대륙을 횡단하여 이름값을 드높이네 더더욱 뭉쳐나네
그려

브라질 나비 날갯짓 텍사스 토네이도 되듯

아침을 읽다
— 시스티나 예배당 벽화

가까이 더 가까이 어둠 벗는 저 자애慈愛를 보라

눈꽃 무늬 우주적 문자들이 나풀나풀 너울너울 산울 넘어 강을 건너 밤 지나 너울 안쪽 스미는 듯 밝아온 갓밝이 저 갓밝이 가슴과 가슴으로 휘어 돌아 읊고 외는 바람의 길 성호 긋는 새날

장엄한 서막 알리는 지시 대명사 필사본 같은

그 길이 난분분하여

얼마만 한 절규였나
죽음보다 깊은 사랑

별빛 따라 달빛 따라 광활한 늪지 지나 머나먼 이민의 길,
다리엔 캡을 타진한다 꿈 찾아 버둥대다 늘어나는 무덤 사
이 남미 콜롬비아에서 중남미 파나마 잇는 험난한 정글에
갇혀 생을 건 아픔이 빗금 지고 뒤틀려도

꽃 대궐 밀고 또 난다
훨훨 나는 꽃잎들

꿈 섶을 너볏 날다

못 닿아 멀어진 곳 먹빛 사랑이었나

길 잃고 갈 곳 없는 난민들의 저 하루하루가 한겨울 너테처럼 겹겹으로 쌓이고 쌓여 서로가 등을 밀고 다독이는 말들 수묵 빛 사랑으로 더끔더끔 채워갈 때 갓 깨고 나온 원앙새 어린 병아리 절벽을 굴러 연못에 동동 노니는 듯 절망의 파도 넘어 아픔도 꽃으로 피는 날

날갯짓 파르르하여 하늘길 물길을 다 연다

아름다운 동행

금세기 최고가 된 불멸의 사진 한 컷

암사자와 어린 사자가 초원을 누비는데 더위 먹어 기진 맥진 걷지 못한 어린 사자, 그 자리에 주저앉아 가쁜 숨 몰아쉬며 죽어 가는데 이를 본 한 코끼리가 어린 사자 제 코에 얹어 물웅덩이로 향하는데 그 옆을 말없이 따라가는 어미 사자

죽음의 목마름 앞에 우물이 된 저 동행

착한 릴레이

모여라 누가, 누가 착하고 보람차나 겨루어 보자

눈 없는 느낌으로 오체투지 배밀이로 땅속을 경영하는
지렁이 환형 군단 둥글둥글 소똥 경단 빚고 굴린 쇠똥구리
예쁜 새싹 이파리에 진딧물 잡는 무당벌레 꽃들에게 꽃가
루 분칠하는 벌과 나비 얼씨구 장구벌레 모기를 잡는 잠자
리의 저 비행이 착한 이어달리기하는 그 어느 날

봄 햇살 꽃놀이 판에 한 이름씩 내어 건다

물소리도 춤이 되는 길

폭포 속 진혼곡이 맴돌다가 푸르른 곳

품은 만큼 커지는 너울성 사랑이 자라 희게 흘러 강이 된
군주의 길 새 술이 익어가는 개혁의 평등 사회 새 부대 속
천만 송이 포도가 익어가나 배다리 건널 뗄 때 그 중심이
굳어지고 휘몰이장단에 맞춘 리듬 아프고 쓰리고 억울해도
짓눌려 훈풍으로 참아내는 능행반차도 긴 행렬

한 왕국 하늘을 뚫는 효성의 바다 파도친다

에로이카*

그대의 찬 손에 뜨거운 입맞춤이었나

한때의 깃발이던 그 말들이 돌아설 때 선명한 온음표로
날아와 응징하듯 절벽 너머의 아련함을 지우려는가 또 다
른 하늘이고 우주를 품은 웅장한 저 별의 세계

오로지 하나여야만 하리
보나파르트 영웅으로

* 베토벤의 영웅 교향곡 제3번을 일컬음.

꽃 그림자에 박힌 고요

농익은 낙엽 하나 땅의 품에 안기는 시간

흙으로 귀의하는 고단한 그 여정이 춤이고 노래가 된 환영의 저 찬가 치어들 먹이가 된 한 마리 어미 연어이고 눈먼 사랑 앞에 온몸을 내던지는 돌림노래 후렴 같았으리

아무도 범접지 못한 크고 위대한 순환이었으리

* 대지의 어머니.

나무, 햇살로 이어가다

당신의 하얀 연서 눈꽃 바람 백서白書였나

세한을 건너가는 붉은 십자가 군단* 그들의 사랑 노래 산
을 넘고 바다 건너 10억 명의 끈으로 꽃 너울을 이어가나
재난지원 위기가정 헌혈운동 의료봉사 이 겨울 따뜻하게
흘러가는 그 물길 위에

어쩌다 그 이름 품어
세계 속을 걷는다

* 전 세계 192개국 10억 명의 후원자와 봉사원이 연대하는 인도주의 실
천운동. 국제적십자운동의 주인공이 되어 주세요.

지구는 지금 꽃을 사랑하는 당신이 필요합니다

구멍 난 지구본의 귀엣 소리 당신이었나요

지구촌 새싹들이 두리번두리번 갸웃갸웃 공중 나는 새들도 꽁지 들고 종종종 미세먼지 뒤덮여 콜록거려요 흰 눈 덮인 봉우리가 수신호하다 허물어진 그 소리 당신의 아우성으로 들려올 때 참고 견뎌낸 눈물 닦아 줄 손길이 그리운 날에

꽃인 듯 마음을 열어 아픔을 달래주세요

다시, 당신 앞에서

뫼비우스 갈림길에서 손 놓친 사랑이었나

지구촌 자율주행의 답을 찾기 위해 저궤도위성 수천 대 저궤도에 쏘아 올려 전 세계를 연결하는 인터넷 통신망을 설치한다는데…

해 저녁 달피 숲 해안
그곳에 가 서 있을게요

3 ZERO 챌린지

즐거운 불편운동 당신에겐 도전이나요

비닐봉지 일회용품 과대포장 나를 싸고 맴돌아 내가 나를 잊고 살아온 적 없나요? 저 오롯한 삶의 터를 넓혀가는 들풀들의 행진을 보라 선 자리 앉은 자리 모두가 다소곳이 제 것으로 자족하네요

우리도 하루에 한 가지씩만 벗는 연습해 봐요

내 가슴에 너의 숨소리가 푸르른 날

칼바람 지나가야 더 파랗게 자라난 아픔

매생이 파래 감태 어슷비슷 손 마주잡고 반기는 것이 영
락없는 니들이어야 나도! 나도! 반기는지 손사래인지 분간
못 한 아우성에 망태기가 넘실거려 푸르게 메고 오면 저만
큼 어미 부르며 달려오던 아롱다롱 내 금쪽이들

그 하루 하늘과 바다 오늘도 파도가 친다

낙타, 바늘귀를 끼다

큰 상금 이웃 위해 몽땅 내 논 그 사람

비단길 굽이굽이 돌아왔을 쌍봉 위의 야망과 탐욕 그 무
게만큼 굽이치는 사막의 뜨거운 가르침이었나 고구려 제가
회의 신라 화백회의 백제 정사암회의 다 거쳐 높이 뜬 햇살
부채에 쌍무지개 떠오르는 듯

소쇄원 임천 계곡 물소리에 귀 맑혀 넘었겠지

무위의 공동체를 꿈꾸며 세계를 회복하는 감각

김남규

시인

    'AI혁명'이라는 말이 더 이상 낯선 단어가 아니게 된 지금, 인간은 이제 AI를 비롯한 로봇과 경쟁해야 한다. 2016년 1월 세계경제포럼에서 클라우스 슈밥(Klaus Schwab)이 '4차 산업혁명'을 언급한 이후, 2022년 11월 30일 OpenAI의 초거대언어모델(LMM) 'ChatGPT'가 처음으로 공개되었고, 2024년 5월 14일 최신 언어 모델인 ChatGPT-4o가 출시되었다. Google 역시 'Gemini'라는 초거대언어모델을 출시해 ChatGPT의 뒤를 바짝 쫓고 있는 형국이다. 이와 같은 초거대언어모델의 출현은 인간 고유 능력으로 여겼던 창의성 영역을 AI가 대신할 수 있을 것이라는 기대감과 두려움을 선사하기에 충분했다. 이세돌 9단을 가뿐히 물리친 알파고의 등장 그리고 일본의 호시 신이치 SF문학상 예심을 통과한 인공지능 소설에 뒤이어, ChatGPT의 글이 각국의 대학입학시험이나 의사, 변호사 등 전문직 자격시험을 통과하기에 부족함 없다는 사례를 통해 확인할 수 있듯이, ChatGPT는 우리 인간의 자연언어(natural language)를 모방하고 처리하는 정도를 넘어서 새로운 '창조물'을 생성해내거나 인간과 직접적인 의사소통이 가능할 수준에 이르렀다. 최근에 삼성전자 갤럭시와 노트북에 탑재된 '온디바이스 AI'에서 알 수 있듯이, 이제 우리는 작은 일상에서부터 AI와 공존해야 한다.

그래서, 우리는, 고민한다. AI가 우리 인간을 대신해 노동하니 인간은 더 많은 여가를 얻게 될 것이라는 희망 그리고 그때 우리 인간은 무엇을 할 것인가에 대한 고민. 이에 따라 '권태'가 우리 코앞으로 다가오고 있다. 이제 우리 인간은, 권태를 극복하기 위해 모든 것을 총동원할 것이며, 그 가운데 인간 본래의 근원 혹은 진리를 찾아가는 미학(美學)'은' 무척 중요해질 것이다. 우리는 이미 도파민에 중독되어 유튜브나 OTT 그리고 짧은 영상(short-form) 보는 것에 익숙해졌기 때문이다. 그렇다면, 우리가 지금 읽고 있는 이 시조집이, 그리고 시조를 쓰는 일이, 과연 이 시대에 가치(쓸모) 있는 일일까? "나는 나야 외쳐도 더 이상 나일 수 없는 나"(「자소서 쓰는 AI」) 앞에서 우리는 계속 글을 쓸 수 있을까? 그럼에도 불구하고, 이형남 시인은 "오늘 나는 귀 세우고 언어의 파도를 탄다"(「참」)고 말한다. "말과 말 숨 고르는 듯 기다리며 또 살피는 것"은 AI혁명 시대에 과연 어떤 의미가 있을까? "오픈 AI 챗GPT 판독이 읽는 세상"(「도시의 꽃, 아우성」)에서 말이다.

따라서 이 글은 이와 같은 AI혁명시대에 어울리지 않는 이형남 시인의 시조-쓰기를 따라가며, 우리는 무엇을 알 수 있고(眞), 무엇을 해야만 하며(善), 무엇을 희망해도 좋은지(美) 고민해 보고자 한다.

함께 하는 일, 미학(美學)

미학자 최광진은 인간을 크게 4가지로 나눈다. 이기적인 욕심과 권력욕을 가진 '정치적 인간', 생활의 개선을 위해 법칙을 찾아내는 '과학적 인간', 주체성 없이 사회적 관습과 형식을 맹목적으로 추종하는 '노예적 인간', 그리고 마지막으로 타자들과 감성으로 교류하고 조화될 수 있는 공감 능력을 지닌 '미학적 인간'[1]. 로봇이 인간이 되고자 한다면 인간은 신이 되고자 하며, 이때 신의 가장 위대한 속성이 '창조성'이라고 그는 말한다. 여기서 미학적 인간은 AI가 넘볼 수 없는 창조성을 향해 나아가는 자이자, '타자-되기'를 넘어 '함께-하기'를 서슴지 않는 자이다.

갯버들 괭이밥풀 옹알이에 숨은 서사

아뿔싸! 하마터면 잘릴 뻔한 실바람이 형체 없는 꼬리를 이리저리 요리조리 살랑살랑 불어올 때 개울도 물비늘 반짝반짝 절로 맑으나, 어린 봄날 소소사사 구름 한 줌 또 한 줌 날마다 꽃그늘에 피워내는 꽃다지의 저 고요 우우우 조무래기 참새 떼 끼리끼리 뭉쳐난다 화르르 이운 꽃잎 사이로

다 품은 하늘에 눈 맞추다 풍덩 빠진 한나절
　　　　　　　　　—「우리는 서로에게 거울인 거야」 전문

"갯버들 괭이밥풀 옹알이"를 보는 시인의 눈으로 "하늘에 눈 맞추다 풍덩 빠진 한나절"을 보라. 개울과 하늘이 서로에게 거울

---

1) 최광진, 『미학적 인간으로 살아가기』, 현암사, 2020, 9쪽.

114

이 되었다. 그리고 시적 주체 역시 개울과 하늘에게 거울이 되었다. 더욱이 서로가 함께 안고 있는 품이 넓고 깊다. "이리저리 요리조리 살랑살랑" 꼬리를 흔드는 실바람을 하늘과 개울이 안고 있으며, "소소사사 구름 한 줌 또 한 줌"과 "날마다 꽃그늘에 피워내는 꽃"과 "우우우 조무래기 참새 떼"를 함께 안고 있다. 시적 주체에게도 마찬가지일 것이다. 그리고 우리 독자들에게도 마찬가지일 것이다. 모두가 함께 서로를 마주 보며 모두가 함께 공유하고 있는 '여린 봄날'이다. 우리 모두 "다 품은 하늘에 눈 맞추다 풍덩 빠진 한나절"을 보내고 있는 것이다.

별빛 박혀 더 선명한 푸른 이름의 행진이다

부드럽고 연한 것들은 결코 단단한 것보다 강하고 낮고 낮은 곳 찾아가는 물은 바위보다 강하고 사랑은 폭력보다 강하다는 그 말 씨앗으로 여기저기 엉키고 자라 서로를 감싸는가

풀꽃들 고개 조아릴 때 곡식들도 함께 익는다
―「여름 들녘」 전문

이번에는 '여름 들녘'이다. 흔히 볼 수 있는 들꽃(야생화)이 우리 눈앞에 모여 있다. 그러나 쉽게, 흔하게 우리 눈에 보인다고 해서 가치 없는 것은 아니다. 들꽃은, 우리 인간에게 잘 보이기 위한 것이 아니라, 칸트의 말처럼 '무목적적 합목적성 (Zweckmäβigkeit ohne Zweck)'을 가지고 그저 스스로 피어 있을 뿐이다. "부드럽고 연한 것들"은 "단단한 것보다 강하고" "낮고 낮은 곳 찾아가는 물"은 "바위보다 강하"다. 말 그대로 "사랑

은 폭력보다 강하다"는 역설. 부드러움이 강함을 이기는 역설은 자연에서도 이어진다. 우리 인간도 마찬가지. "민들레 질경이 꽃다지 냉이 한통속"(「절정의 시간」)이라는 말처럼, 우리 모두 '한통속'이다.

유산리의 죽화경, 그 넝쿨장미 귀엣말

오월의 방글거린 햇볕들이 쏟아놓은 말 사랑해요 축복해요 꽃말들이 서로서로 안고 업고 촌철활인寸鐵活人 하는 사이 알알이 또록또록 여물어가는 사랑의 밀어 저마다 가슴 열어 두드리는 저 소리 파고들어 울컥거리는 언어가 사는 곳

저 무돌 휘어 도는 물소리 꽃말 싣고 흐른다
—「으밀아밀」 전문

우리들은 "으밀아밀" 살아간다. 그때가, 그곳이 5월 광주혁명의 잔혹한 시공간이라도 말이다. 피폐하다 못해 절망밖에 남지 않은 비극 앞에서 "오월의 방글거린 햇볕"이 "사랑해요 축복해요 꽃말들"을 쏟아놓는다. 그렇게 따뜻함은 "서로서로 안고 업고 촌철활인(寸鐵活人)"한다. 그리고 그 말들은 "알알이 또록또록 여물어 가는 사랑의 밀어"가 되고, "저마다 가슴 열어 두드리는 저 소리"가 된다. 물론 '여전히' 상처는 남아 있다. 따뜻함이 스며들어도 '여전히' "울컥거리는 언어가 사는 곳"이 바로 지금-여기의 시공간이니, 우리는 과거를 잊지 말아야 하며, 끊임없이 도래하는 과거를 늘 새롭게 해석해야 하는 '해석학'만 우리에게 남아 있다. 그렇게 우리는 '함께-하기'로 살아가야 한다. 함께 사는 것을

잘 보기 위해, 잘 하기 위해 우리는 따뜻한 "물소리 꽃말"을 주고 받아야 한다. 그것이 시와 같은 텍스트든, 서로 주고받는 채팅, 메시지(DM)나 대화든 말이다. 우리가 알아야 하는 것은 바로 이 것이다. 함께 살아가는 '방법' 말이다.

이야기로 공동체를, 사설시조

사회학자 앙리 르페브르는 『현대세계의 일상성』이라는 저작에서 '축제'와 '혁명'이 사라진 현대사회, 자본주의에 종속된 비루한 '일상성'을 고발한다. 말 그대로 지리멸렬(支離滅裂)한 '기상-노동-(여가)-취침' 혹은 '돈 없음-월급날-돈 없음'이 무한 반복되는 일상에서 우리는 의미(意味) 찾는 일을 포기한다. 아니, 의미가 '과연' 있기는 한가. '의(意)'는 소리 '음(音)'과 마음 '心'이 합해진 단어다. 그러니까 '의'는 마음의 소리가 멀리 나아가거나 전달되는 것인데, 이때 느껴지는 맛이 바로 '미(味)'다. 따라서 의미는 마음의 소리로 맛을 보는 일인데, 안타깝게도 현재 우리는, 마음의 소리를 내지도 듣지도 못하며 맛을 느끼지도 못한다. 불감증 환자가 되어 버렸다. 그렇지만, 아직 우리에게 희망'은' 있다. 왜냐하면, 우리의 일상은 의미가 없는 것이 아니라, 아직 의미가 주어지지 않은 것이기 때문이다. '비(非)-의미'가 아니라, '미(未)-의미'인 것이다. 그렇다면, 우리는 그저 흘러가는 일상에 어떤 작업을 더해야 의미 있는 일상이 될까. 이 가운데 이형남 시인이 이번 시조집에서 선택한 방법론은 바로, '사설(辭說)'이라는 시조 리듬을 통한 '이야기(서사)'다.

방패연 긴 꼬리에 저문 해가 걸려 있다

숨 가쁜 언덕길을 너울대는 손수레가 솟대처럼 까닥이다 가물가
물 넘어 간다 태산을 향한 막내아들 꿈이 커질수록 재활용 폐지 더미
도 높아가고 속마음 부글대고 들끓어도 무거운 걸음 재촉하는가 어
기찬 삶의 구비에 모래시계 돌리고 또 돌린 그 사이 날아 든 온장연
이 된 막내

돋을볕 놀빛에 낚인 하루
높이 뜬 연 해맑다

— 「오르락내리락」 전문

철학자 한나 아렌트는 "모든 슬픔은 이야기에 담거나 이야기
로 해낼 수 있다면 견딜 수 있다"[2]고 말했다. 사설시조도 마찬가
지. "숨 가쁜 언덕길에 너울대는 손수레"는 "태산을 향한 막내아
들 꿈이 커질수록 재활용 폐지 더미도 높아가고 속마음 부글대
고 들끓어도 무거운 걸음 재촉"한다. 현실은 그렇게 "숨 가쁜 언
덕길"인 것이다. "속마음 부글대고 들끓어도 무거운 걸음"이 앞
으로 얼마나 반복될까. 그러나 오르막길이 있으면 내리막길도
있는 법. "돋을볕 놀빛에 낚인 하루"도 곧, 올 것이다. 그렇게 사
설시조로, 이야기로 '숨 가쁜 언덕길'을 담아낼 수 있다면, 언덕
길은 곧, 극복 가능할 것이다. 슬픔과 고통은 이야기의 물결에
'마침내' 녹아 유유히 흐르게 되니까 말이다.

---

2) 한나 아렌트, 『인간의 조건』, 이진우 외 역, 한길사, 1996, 134쪽.

아무도 모르라고 어둠 밝힌 눈雪이 된 쉼표

　한 날의 트랙에 하얗게 펼친 백지 위로 음표 같은 참새 떼가 포르르 날아가고 언 발 녹이는 봄소식 아름 안은 스노우 드롭, 뽀드득 걸음걸음 흔적이 사라질 때 봄볕의 긴 그림자 산자락에 너울거릴 때 바람은 지금쯤 어느 길을 넘고 또 넘을까 나도 바람꽃 누이 행여 길 잃어 울고 있을 어느 길목에

　밤사이 나볏한 온음표 눈
　얼음새꽃 다독이네

　　　　　　　　　　　　　　　　　　　 ―「봄 봄 봄」 전문

　학계에서 사설시조의 '사설(辭說)'이라는 용어는 순우리말 '사슬(鎖)'과 한자어에 대응된 '스설(辭說)' 두 형태에서 유래되었다고 본다. 길게 늘어놓는 말이라는 뜻을 가진 '사설(辭說)'은 판소리의 사설과 연관되었다고 하거나, 유사성에 근거한 단어와 문장을 사슬처럼 말을 잇는 '엮음'의 형식에서 비롯되었다고 한다. 여기서 우리가 주목할 부분은, 사설시조의 사설이 곧 '이야기'라는 점이다. 시인은 봄을 말하기 위해 "아무도 모르라고 어둠 밝힌 눈雪이 된 쉼표"로 이야기를 시작한다. 이 쉼표는 "한 날의 트랙에 하얗게 펼친 백지 위로 음표"이자 "음표 같은 참새 떼"인데, "뽀드득 걸음걸음 흔적이 사라질 때"와 "봄볕의 긴 그림자 산자락에 너울거릴 때" 남아 있는 것이다. 더욱이, 그 흔적을 따라가다 보면 "나도 바람꽃 누이"가 "행여 길 잃어 울고 있을 어느 길목"에 다다를 것이지만, "나볏한 온음표 눈"이 "얼음새꽃 다독이"듯 그렇게 서로를 위로할 것이다. 이렇게 한 편의 이야기가 완성

되었다. 이는 흡사 '몽타주'와도 같은 이야기-구성이지만, 이 이야기들은 결국 시인의 기억이자 우리의 기억이 된다. 이와 같은 '이야기-기억'이 바로 인간과 AI와 가장 큰 차이점[3]이자 무의미한 일상에서 특별한 지점(scene)을 선택하고 편집한 '의미'라 할 수 있다.

> 당신의 노래가 춤이 될 때까지 가 닿았을 향기
>
> 절벽이고 망루였을 그 꽃가지 절대음 휩쓸어가야만 더 가까워지는 독한 만남 천남성 유도화 아이비 디펜바키아 사랑, 음절마다 마디마다 짙어지고 깊이 박힌 마성의 독야청청 무늬들이 독을 품어 붉어진 논개와 양귀비 클레오파트라
>
> 춤사위 너울거림이 푸르러 시들지 않는
>
> ― 「노래가 춤이 될 때까지」 전문

이번에 이형남 시인은 천남성과 유도화와 아이비와 디펜바키아 그리고 논개와 양귀비와 클레오파트라를 하나의 이야기로 묶었다. "절벽이고 망루였을 그 꽃가지의 절대음"은 "사랑, 음절마

---

3) "인간의 기억은 선택적이다. 그게 바로 데이터와 기록과의 차이다. 디지털 저장소가 첨가적이고 누적적으로 작동하는 반면, 인간의 기억은 서사적으로 작동한다. 이야기는 사건의 선택과 연결에 기반한다. 즉, 선택적으로 진행된다. (…) 반면 디지털 플랫폼은 빈틈없는 삶의 기록화에 관심이 있다. 덜 이야기될수록 더 많은 데이터와 정보가 생성된다. 디지털 플랫폼에서는 데이터가 이야기보다 더 가치 있다. 서사적 성찰은 요구되지 않는다." (한병철, 『서사의 위기』, 최지수 역, 다산초당, 2023, 48~49쪽.)

다 마디마다 짙어지고" "깊이 박힌 마성의 독야청청 무늬들이 독을 품"을 정도다. 마치 논개와 양귀비 그리고 클레오파트라처럼 말이다. 이들의 "춤사위 너울거림"은 "푸르러 시들지 않"을 것이며, 이들의 노래는 "춤이 될 때까지 가 닿을" 것이다. 노래는 춤이 되고, 춤은 노래가 되며, 그 '춤사위'는 시들지 않을 것이다. '독야청청' 영원할 것이니, 시인은 이들의 노래와 춤을 듣기를 놓치지 않는다. 그리고 독자인 우리에게 들려준다. 재독 철학자 한병철은 "이야기하기와 귀 기울여 듣기는 상호 의존적이다. 이야기 공동체는 귀 기울여 듣는 사람들의 공동체"[4]라고 말했다. 그에 따르면, 이형남 시인의 사설시조는 곧, '이야기하기'에 다름 아니며, 시인의 사설시조를 읽는 우리는 시인의 이야기를 함께 듣는 '이야기 공동체'로 묶인다. 모두가 대동소이(大同小異)한 일상을 그저 흘려보내고 있겠지만, 누군가가 그 일상을 하나의 특별한 이야기(사설)로 묶어내고, 그것을 또 같이 읽고 생각하는 일은 무척 특별한 사건이라 할 수 있다. 그리고 그 사건을 통해 우리는 공동체가 된다. 아무것도 바라지 않는 '무위의 공동체'. AI에게는 '아직' 낯설 것이며, 우리가 앞으로 만들어가야 할 공동체는 무수히 많다.

재창조한 세계, 감각

새로운 이야기와 다양한 리듬으로 가득한 이형남 사설시조집을 읽다가, 잠시 책장을 덮고, 우리는 생각한다. 이형남 시인은

---

4) 한병철, 앞의 책, 22쪽.

도대체 어떻게 이런 이야기들을 만들어냈을까 하고 말이다. 그리고 또 우리는 생각한다. 시인이 만들어낸 사설시조-세계들은 현실에서 과연 어떤 의미가 있는가 하고 말이다. 현실에 직접적으로 관여하거나 영향 주지 않는 예술작품으로서의 시조 말이다. 허구(fiction) 혹은 환상(fantasy)에 지나지 않는 시조가 '먹고 사니즘'과 '도파민 중독'에만 몰두하고 있는 현시대에 과연 얼마나 가치가 있을까 하고 말이다. 안타깝게도 우리 현실에서 가치는 곧 '교환가치'인데, 시조는 과연 '무엇'과 '얼마나' 교환할 수 있을 만큼의 '양적 가치'가 있을까.

　　모란이 뚝뚝 떨어지는 삼백 예순 그 어느 하루

　　오월의 화폭 속을 날아가는 나비 한 마리 그늘 안쪽 사유의 아방궁 넘나들다 으밀아밀 언죽번죽 노닐다가 아득한 절벽 너머를 읽는 푸른 하늘, 은유인 듯 상징인 듯 못내 찬란하여 잊히지 않는 꽃잎 무게 다 받아냈을까 날 향한 한 사람이 너였으면 참 좋겠다 귀염바치 오직 한 사람…

　　오롯이 당신 탐하다가 눈 맞춰 웃는 둥근 저 바림질
　　　　　　　　　　　　　　　　　　　　—「꽃물 드는 하루」 전문

김영랑의 시 「모란이 피기까지는」이 떠오른다. "모란이 지고 말면 그뿐 내 한 해는 다 가고 말아// 삼백예순 날 하냥 섭섭해 우옵네다". 그러나, 중장부터는 새로운 세계가 시작된다. "오월의 화폭 속을 날아가는 나비 한 마리"로부터 시작된 중장은 "그늘 안쪽 사유의 아방궁"을 넘나들고, "아득한 절벽 너머를 읽어내는 푸른 하늘"을 지나, "은유인 듯 상징인 듯 못내 찬란하여 잊히지 않는 꽃잎 무게"를 받아내며, "날 향한 한 사람이 너였으면 참 좋겠다 귀염바치 오직 한 사람"을 마침내, 떠오르게 한다. 시적 주체의 사유가 나비 한 마리의 이동을 좇아간다. 나비가 '꽃물 드는 하루'를 겪듯 시적 주체 역시 "오롯이 당신 탐하다가 눈 맞춰 웃는 둥근 저 바림질"을 경험한다. 아니, 감각한다. 나비가 꽃물을 감각하듯, 시인도 나비가 있는 풍경을 감각해낸다. 물론, 이때의 감각된 풍경은 현실의 반영보다는 시인의 내면 풍경에 가까울 것이다.

> 토끼가 귀 세운 자리 두더지가 굴 파고 든다
>
> 그 집 앞 지날 때면 괜스레 발걸음이 무거워져, 운동화 끈을 당겼다 풀었다 다시 매는 길섶 해바라기 둥근 얼굴 피보나치수열처럼 꽉 찬 돌담이 아니어서 더 좋은 울타리, 바람 숭숭 드나들어 곁눈으로도 보이는 그 애의 모습
> 한눈에 다 보이는 곳 오늘도 나는 구멍을 판다
> ―「이상한 나라의 엘리스」 전문

루이스 캐럴의 소설 「이상한 나라의 앨리스」를 소재 삼은 이형남 시인의 사설시조에서 우리는, 캐럴의 소설처럼 토끼굴을 타고 떨어져 이상한 중장-모험을 겪게 된다. 황금비율의 원리라 할 수 있는 '피보나치수열'을 통해 우리 인간은 자연 삼라만상의 신비로움을 비로소 깨닫는다. 레오나르도 피보나치가 토끼 수의 증가를 계산하기 위해 수열을 만들어낸 것처럼, 이형남 시인 역시 피보나치식으로 세계를 감각해낸다. "해바라기 둥근 얼굴"이

그렇고, "돌담이 아니어서 더 좋은 울타리"가 그렇고, "바람 숭숭 드나들어 곁눈으로도 보이는 그 애의 모습"도 그렇다. 해바라기든 돌담이든 그 애의 얼굴이든 간에 모두가 다 피보나치수열이다. 그리고 시적 주체 또한 '구멍' 하나를 판다. 또 다른 누군가가 그 '구멍'을 타고 떨어져 새로운 모험을 겪게 될 것이다. 이때의 구멍은 곧, 시조라는 세계이자 시인이 특별하게 감각해낸 세계가 아닐까. 뜻밖의, 현실과 차원이 전혀 다른 세계가 시조집 한 권에 펼쳐져 있다.

　　물고기는 혹 물 떠나 살 수 없다 하지만 바람도 제 갈길 가 여울은 여울대로 남고, 선바람 차림에도 예사로운 율泊이 있어

　　쉰둥이 막내 녀석 돌부리에 다칠세라 추월산 깊은 계곡 골바람 끌어안고 도란도란 소리 내며 흘러가는 개울물 따라 서덜길 노동요로 발 받쳐 걸어온 길 무등산 어느 노송처럼 등 굽은 노모에게 도랑물이 은근슬쩍 손 내밀어 손잡고 가는 소리, 그 소리 천川을 이루고 강江을 이뤄 흘러 흘러간다 쉼표와 말줄임표 달고

　　어디쯤 가닿았을까 물비늘 닮은 저 안부
　　　　　　　　　　　　　　　　　　　　　　　―「물빛 서찰」 전문

　　"물고기는 혹 물을 떠나 살 수 없다", "선바람 차림에도 예사로운 율泊"이 있다는 자연 규범으로 작품은 시작한다. 그러나 중장부터 일반적인 자연 규범이 통용되지 않는, 시인만의 개성적인 예술 규범이 시-세계를 확장하고 있다. 담양호의 '율泊은 "쉰둥이 막내 녀석 돌부리에 다칠세라 추월산 깊은 계곡 골바람 끌어

안고” 나아가며, “서덜길 노동요로 발 받쳐 걸어온 길”을 나선다. “어느 노송처럼 등 굽은 노모에게 도랑물이 은근슬쩍 손 내밀어 손잡고” 가며, 그 소리는 “천川을 이루고 강江을 이뤄 흘러 흘러 간다”. “쉼표와 말줄임표 달고” 말이다. ‘율汩’은 그렇게 “물비늘 닮은 저 안부”처럼 나아간다. 시조의 ‘율(律)’처럼 말이다. 이와 같이 이형남 시인은 기존의 사물과 대상을 새로운 감각으로 말-부려 놓는다. 기존의 사고로 코드화되고 획일화된 사물과 대상에 ‘찐득하게’ 붙어 있는 의미를 떼어놓고, 새로운 의미를 구성하고 새로운 세계를 보여준다. 그 작업이 바로, 우리 인간이 신에게 부여받은 능력 중 가장 특별한 ‘창의성’이 아닐까. 신이 세계를 창조했다면, 우리 인간은 미학으로 세계를 재-창조한다. 물론, 태초의 세계는 완벽했을 것이다. 그러나 인간이 세계를 망쳐놓고 더럽혔을 것이다. 이 더럽힌 세계를 다시 태초의 세계로 되돌리는 일(回復) 혹은 태초의 아름다운 세계를 지향하는 일(美學). 이것이 바로 예술이자 미학이 아닐까. 우리가 앞으로도 시조를 읽고 써야 할 이유가 바로 여기에 있다.

요컨대, 이형남 시인은 우리 인간이 모든 사물과 평등하게 무장무장 어깨를 쫙 펴며 살아가기를 희망한다. 시인은 AI가 넘볼 수 없는 창조성을 향해 나아가며 ‘타자-되기’를 넘어 ‘함께-하기’를 사설시조로 보여주고 있다. 이때 시인은 평범한 일상으로부터 하나의 특별한 이야기(사설)를 묶어내고, 그것을 또 같이 읽고 생각하는 무척 특별한 사건을 우리에게 제공한다. ‘이야기 공동체’를 꿈꾸는 것이다. 더욱이 시인은 기존의 사물과 대상을 새로운 감각으로 말-부려 놓는다. 우리 인간이 망쳐놓은 세계를 회복하고 재-창조하기 위해 감각을 총동원한다. 이와 같이 인간 모두가 평등한 공동체, 무위의 공동체를 이룰 수 있도록 망가진 세계를 재해석하고 회복하려는 자를 우리는 시인이라 부른다.

고요아침 운문정신 070

꽃물 드는 하루

초판 1쇄 발행일 · 2024년 10월 05일

지은이 | 이형남
펴낸이 | 노정자
펴낸곳 | 도서출판 고요아침
편   집 | 정숙희 김남규

출판 등록 2002년 8월 1일 제 1-3094호
03678 서울시 서대문구 증가로 29길12-27, 102호
전화 | 302-3194~5
팩스 | 302-3198
E-mail | goyoachim@hanmail.net
홈페이지 | www.goyoachim.com

ISBN 979-11-6724-209-9(04810)